다 달아 감홍시 홍홍홍홍 감홍시 ♬♪   받고 물고 물고받고   물고 받고 받고 물고   물고 물고 물어라!♪   ♬♪

도둑잡는
방귀출동

글 작가 **이숙양 김정현 장영아 강미란 김용자**

(사)어린이도서연구회 인천지부 서구지회
주댕이나불동동 모임에서
채록된 옛날이야기를 오랫동안 공부했습니다.

좋은 이야기를 만나면
작은 손바닥 공책에 한 편 한 편 모아
다시쓰기를 해서 둘레사람들과 즐겼습니다.
어린이 동무들과 함께 나누고 싶어
책으로 엮었습니다.

《달구랑달구랑 쓰구랑쓰구랑》을 썼습니다.

그림 작가 **홍혜정**

대학에서 디자인과 미술교육을 공부했고요.
지금은 어린이와 청소년들에게
그림을 지도하고 있습니다.
여러 아티스트들과 같이 다양한
작품 활동도 하고 있습니다.

도둑 잡는 방귀 출동

1판 1쇄 인쇄 2024년 9월 13일
1판 1쇄 발행 2024년 10월 7일

글 이숙양, 김정현, 장영아, 강미란, 김용자 | 그림 홍혜정 | **책임편집** 권효진 | **편집** 이수빈
펴낸이 정봉선 | **펴낸곳** 정인출판사
주소 서울특별시 종로구 난계로27길 15, 1415호
전화 031-795-1335(영업국) | 팩스 02-925-1334 | 이메일 junginbook@naver.com
홈페이지 www.pijbook.com | 등록번호 제2022-000117호
ISBN 979-11-93363-19-5 (73810) | 가격 19,500원

정인

어린이 동무들에게

옛날 옛날에
이야기를 좋아하는
사람들이 있었어요.

이 사람들은
만날 때마다
입이 마르고 닳도록
이야기보따리를
풀고 노느라
시간 가는 줄도 몰랐어요.

그래서 이 사람들은
죽어서도
주댕이만 물에
동동 뜨겠다는 의미로
'주댕이나불동동'이라는
이름도 지어 불렀어요.

10년 동안
할머니 할아버지가 들려준
옛날이야기 책을
함께 읽고, 듣고
이야기하면서 즐겼어요.

재밌는 이야기를 만나면
작은 손바닥 공책에 옮겨
가방 속에 넣고 다니면서
너덜너덜해지도록
보고, 보고
또 꺼내 보면서
이야기의 재미가
더 깊어졌어요.

길을 걸으면서도
설거지하면서도
잠자리에 누워서도
이야기를 떠올리며
정말 행복했어요.

그렇게 많은 시간이
몸과 마음에 쌓이면서
내 이야기가 되었고
한 편 한 편의
이야기는
둘레 사람과
어린이 동무들과
함께 나누면서
더 좋아졌어요.

어린이 동무들,
이야기를 읽을 때는
눈과 머리로만
읽지 말고
크게 소리 내 읽어보세요.

그 소리를 귀로

들을 때

몸에 감각이 열려

재미있는 상상을

할 수 있고

생생한 이야기의

재미에 빠져

나도 모르게

손짓 발짓을 해가며

온몸으로 이야기와

놀 수 있거든요.

어린이 동무들,

좋아하는 이야기를 만나면

부모님과 둘레 동무들에게

소리로 이야기를 선물하세요.

2024년 9월

이숙양, 김정현, 장영아, 강미란, 김용자

차례

여는 글 어린이 동무들에게 · 04

이숙양 꼬구랑 꼬구랑 똥 된장국 · 10

야이고 달다 눈깔사탕 · 19

늙은 아이를 만났네 · 26

길로길로 가다가다 · 31

한솥밥 · 41

북 나무 북이 북쪽에서 북북 · 49

참새하고 놀고 싶어 짹짹! · 56

도둑 잡는 방귀 출동 · 66

누군 누구예요? · 72

김정현 홍시 홍시 감홍시 · 78

독이 떼굴떼굴 굴러옵니다 · 83

달떡 꿀떡 · 88

장영아　각시랑 신랑이랑 · 92

　　　　　　나는 어디 있나? · 98

강미란　이건 새빨간 거짓말이네 · 103

　　　　　　자꾸 자꾸 땁니다 · 109

김용자　받고 물고, 물고 받고 · 113

도움을 받은 채록 이야기 · 118

꼬구랑 꼬구랑 똥 된장국

옛날에 옛날에
세상이 만상이
꼬구랑 꼬구랑 할 때,

꼬구랑 고개를
꼬구랑 꼬구랑 넘어서
꼬구랑 길로
꼬구랑 꼬구랑 가다보면
꼬구랑 동네에
꼬구랑 집 한 채가
꼬구랑 꼬구랑 앉아 있었어요.

꼬구랑 집에는
꼬구랑 할아버지랑
꼬구랑 할머니가
꼬구랑 빵긋 꼬구랑 빵긋
웃으며 살고 있었어요.

하루는 꼬구랑 할아버지가

꼬구랑 산으로

꼬구랑 나무하러

꼬구랑 지게를 짊어지고

꼬구랑 꼬구랑 올라갔어요.

꼬구랑 할머니도 심심해서

꼬구랑 냇가로

꼬구랑 빨래하러

꼬구랑 함지박을 이고

꼬구랑 꼬구랑 내려갔어요.

꼬구랑 할아버지가

꼬구랑 산에 들어가서

꼬구랑 톱으로

꼬구랑 나무를

꼬구랑 쓱싹 꼬구랑 쓱싹

베고 있었어요.

그런데 갑자기

꼬구랑 할아버지의

꼬구랑 배가

꼬구랑 꼬구랑 아파오고

꼬구랑 방귀가
꼬구랑 뿌뿡 꼬구랑 뿌뿡 나오고

꼬구랑 똥구멍이
꼬구랑 옴찔 꼬구랑 옴찔 하더니

꼬구랑 똥이
꼬구랑 꼬구랑 나오려고 했어요.

꼬구랑 할아버지가
꼬구랑 냇가로 얼른 내려가서
꼬구랑 끙끙 꼬구랑 끙끙 힘을 썼더니

꼬구랑 뿌직 꼬구랑 뿌직
꼬구랑 똥 덩이가 나오더니

꼬구랑 냇물 따라
꼬구랑 흔들 꼬구랑 흔들
떠내려갔어요.

꼬구랑 할머니는
꼬구랑 냇가에 앉아서
꼬구랑 방망이로
꼬구랑 뚝딱 꼬구랑 뚝딱
빨래를 하고 있었어요.

꼬구랑 물살에
웬 샛노란 된장 덩이가
꼬구랑 동실 꼬구랑 동실
떠내려오길래

꼬구랑 할머니가
꼬구랑 방망이로
꼬구랑 참방 꼬구랑 참방
건져냈어요.

꼬구랑 할머니는
귀하디 귀한 된장 덩이를
보고지고 보고지고
맡고지고 맡고지고 하더니

13

꼬구랑 어깨를 들썩이며
꼬구랑 춤을 덩실덩실 추고
꼬구랑 노래를 흥얼거렸어요.

꼬구랑 꼬구랑 된장을
둥실둥실 띄워서
뚝배기에 끓여서
먹고지고 먹고지고

꼬구랑 땡땡 꼬구랑 땡땡
날이, 날이 저물었어요.

꼬구랑 할아버지가
꼬구랑 지게를 지고
꼬구랑 집으로
꼬구랑 꼬구랑 돌아왔어요.

꼬구랑 할머니도
꼬구랑 함지박을 이고
꼬구랑 집으로
꼬구랑 꼬구랑 돌아왔어요.

꼬구랑 할머니는
꼬구랑 함지박 안에 가져온
된장 덩이를 꺼냈어요.

꼬구랑 꼬구랑 된장을
동실동실 띄워서
꼬구랑 꼬구랑 뚝배기에
짜글짜글 끓였어요.

꼬구랑 집
꼬구랑 밥상에는
꼬구랑 할아버지랑
꼬구랑 할머니랑

꼬구랑 보리밥이랑
꼬구랑 된장국이랑
꼬구랑 숟가락이랑
꼬구랑 젓가락이랑

꼬구랑 꼬구랑
꼬구랑 꼬구랑
모두모두 사이좋게
둘러앉았어요.

꼬구랑 할머니가
먼저 권했어요.

할아범, 어서 맛있는
된장국 한술 뜨세요.

꼬구랑 할아버지가
한술 크게 떠서
호물호물 맛을 봤어요.

할멈, 된장국이
왜 이렇게 구리구리할까요?

꼬구랑 할머니도
한술 크게 떠서
호물호물 맛을 봤어요.

조금 전 냇가에서 건져 온
샛노란 된장이
왜 이렇게 구리구리할까요?

꼬구랑 할아버지는
꼬구랑 꼬구랑 웃으며 말했어요.

하하하, 그것은 바로
내 똥이오, 내 똥!

꼬구랑 할머니도
꼬구랑 꼬구랑 웃으며 맞장구를 쳤어요.

호호호, 그러면 그렇지요.
똥 맛이오, 똥 맛!

꼬구랑 보리밥이랑
꼬구랑 숟가락이랑
꼬구랑 젓가락도
코를 감싸 쥐고 말았어요.

어이쿠, 구리다, 구려!

꼬구랑 땡땡 꼬구랑 땡땡
밤이, 밤이 깊어만 갔어요.

꼬구랑 할아버지랑
꼬구랑 할머니랑
꼬구랑 집 따뜻한 방 안에서
꼬구랑 꼬구랑 잠이 들었어요.

아주 맛난 쌀밥에
아주 맛난 된장국을 말아
서로가 서로에게 떠먹여 주는
아주아주 행복한 꿈이었어요.

꼬구랑 땡땡 꼬구랑 땡땡
해가, 해가 밝은 해가
따뜻하게 떠오르기 시작했어요.

아이고 달다 눈깔사탕

글방 선생이
눈깔만 한
눈깔사탕을
책상 서랍에 감춰두고
혼자만 먹었어.

데굴데굴
데굴데굴
이 볼때기 볼록
저 볼때기 볼록

볼록볼록
볼록볼록
아이고 달다
아이고 달아

글방 아이들은
눈깔사탕
데굴데굴 볼록볼록
굴러가는 대로

이리저리
데굴데굴 볼록볼록
눈길 돌리며
군침만 줄줄 흘렸지.

저 맛있는 눈깔사탕을
어떻게 하면
너도 나도 먹을 수 있을까?

글방 선생이
아이들에게 일렀지.

이 눈깔사탕은
아이들이 먹으면
죽는다, 죽어!

다음날 글방 선생이
볼 일이 있어
멀리 나들이 갔어.

때는 이때다!

글방 아이들은
글방 선생이
아끼고 아끼는 벼루를
방바닥에 내리쳐
바싹 깨트렸어.

그런 다음
책상 서랍에 감춰둔
눈깔만 한
눈깔사탕을 꺼내
나누어 먹었어.

데굴데굴
데굴데굴
이 볼때기 볼록
저 볼때기 볼록

볼록볼록
볼록볼록
아이고 달다
아이고 달아

글방 아이들은
눈깔만 한
눈깔사탕을
탈탈 털어 입에 넣고

나, 죽었다!

벌러덩 드러누운 채
네 활개 쫙 펴고
두 눈 찔근 감고
죽은 듯이 있었어.

멀리 저 멀리
나들이 갔다 돌아온
글방 선생이
소리 소리쳤어.

네 이놈들!
읽으라는 글은 안 읽고
왜 이렇게
죽은 듯이 누웠느냐?

한 아이가
울먹이며 말했어.

예, 선생님
장난치다 그만
선생님이 아끼는
벼루를 깨서
죽을죄를 지었습니다.

그래서 아이들이 먹으면
죽는다는
눈깔만 한
눈깔사탕을 훔쳐먹고
지금 죽어가고 있습니다.

글방 선생이
펄쩍펄쩍 뛰면서
또다시 소리 소리쳤어.

뭐, 내 눈깔
내 눈깔사탕을
다 먹어버렸단 말이지?

아이고, 아까운
내 눈깔
내 눈깔사탕!

글방 아이들은
벌러덩 드러누운 채
네 활개 쫙 펴고
두 눈 찔근 감고
소리 없이 웃으며
눈깔만 한
눈깔사탕을 먹기 바빴지.

데굴데굴
데굴데굴
이 볼때기 볼록
저 볼때기 볼록

볼록볼록
볼록볼록
아이고 달다
아이고 달아

늙은 아이를 만났네

옛날 옛적 갓날 갓적
고초 당초 매울 때

처녀 총각 서로 만나
행복하게 살다
아이가 생겼는데

나이 칠십이 넘도록
배에만 담아 놓고

그러는데
늙디늙은 할멈이
아이를 낳는다고
방으로 들어가고

그러니까
늙디늙은 영감은
볏짚과 무명실, 가위를 갖고
따라 들어가고

이제 윗목에 앉아
기다리고 기다리면서
꼭 자기 닮은 아이가
나오기를 바라며
들여다보고 앉았는데

그러는데
늙디늙은 할멈은
아랫목에 깔아 놓은
볏짚 위에 엎드려
힘을 쓰고 쓰고
또 쓰고 있는데

앞산아 땡겨라
뒷산아 밀어라
오금아 힘써라

늙디늙은 영감도
힘써 응원하는데

그러는데
응애에! 응애에!
태어난 아이가 우는데

아이, 뽀오얀 아이가
나온 것이 아니라

머리 허연 아이가
하나 나왔는데

그러는데
아이, 이빨은 빠져
호물! 호물!

아이, 눈꼬리는 처져
가물! 가물!

아이, 살결은 힘없어
쭈글! 쭈글!

아이, 목소리는 늘어져
"처어으음 뵈에엣 게에스읍니다아."

인사를 하니까

그러니까
늙디늙은 영감은
이 자식을 자식이라고
할 수가 없고

그러는데
늙디늙은 할멈은
반갑다고 반갑다고
한없이 반갑다고
흥얼흥얼
노래를 부르며
덩실덩실
어깨춤을 추었지.

늙은 아이를 만났네
늙은 아이를 만났어

하늘이 내주신 내 아이
내 영감은 누구고
내 자식은 누구, 누구, 누구?

길로길로 가다가다

봄,
어느 따사로운 봄

할아버지
길로길로 가다가다
말뚝에 걸려
꽈당하고 넘어졌네.

"이놈의 말뚝!"

벌떡 일어나
영차영차 말뚝을
잡아당겼더니

이야기보따리가
주렁주렁 매달려
줄줄이 따라 나왔네.

할아버지
가던 걸음 멈춰서서
이야기보따리 하나
똑딱 짊어지고

후루룩후루룩 소리 따라
다시 길로길로 가다가다
개울 풀숲에 알을 푼
개구리 한 마리 만났네.

할아버지
가던 걸음 멈춰서서
개구리한테 인사했네.
"따사로운 봄이 왔구나!"

미역국을 먹다 말고
개구리가 말했네.
"안녕하세요. 할아버지!
 지금 어디 가세요?"

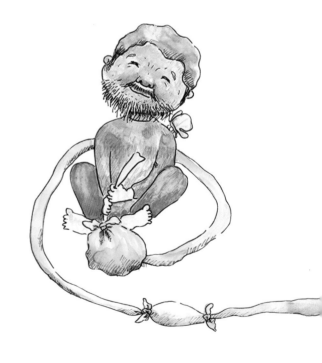

할아버지
허허허, 웃으며 말했네.
"봄나들이 간단다.
 너도 같이 가자꾸나!"

개구리도 따라
개굴개굴 웃으며 말했네.
"안 돼요. 안돼!
 지금은 바빠요, 바빠!"
"알았다. 알았어."

할아버지
다시 길로길로 가다가다
"여보시오! 여보시오!"
누군가 부르는 소리에
이리저리 둘러보니
샛노란 민들레 꽃 한 송이
달싹달싹하고 있네.

할아버지
가던 걸음 멈춰서서
민들레 꽃을 들여다보니
개미란 놈이 갓을 쓰며
같이 장에 가자 불렀네.

할아버지가 말했네.
"미안하다. 미안해.
 오늘은 장이 아니란다.
 다음 장에 너랑 나랑
 어깨동무하고 같이 가자!"

할아버지 다시
"콩, 팥! 콩, 팥!"
힘쓰는 소리 따라
길로길로 가다가다
밭고랑을 들여다보니
콩이랑 팥이 씨름하고 있었네.

콩이 콩! 넘어지자마자
팥이 팥! 하고 일어섰네.

그때 콩이 콩콩콩 뛰면서
불끈불끈 힘을 쓰자

팥도 따라 팥팥팥 뛰면서
불끈불끈 힘을 썼네.

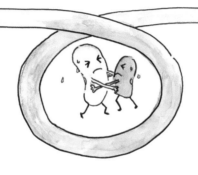

콩과 팥은 그만 배가
두 갈래로 툭! 터져버렸네.

콩과 팥은 서로 부둥켜안고
으앙으앙 울었네.

그러자 툭! 터진 배가
다시 척! 하고 붙었네.

"좋다, 좋아!"

콩이 콩콩 소리치며
얼굴이 새하얘졌네.

"좋다, 좋아!"

팥도 따라 팥팥 소리치며
얼굴이 새빨개졌네.

할아버지
가던 걸음 멈춰서서
콩이랑 팥이랑
손에 손을 맞잡고
"콩, 팥! 콩, 팥!"
춤을 추며 허허허, 웃었네.

"다음에 또 만나자!"

할아버지
날도 좋은 봄날
다시 길로길로 가다가다
수염이 축축했네.

할아버지
가던 걸음 멈춰서서
아래를 내려다보니
이란 놈이 수염에서
영차영차
그네를 타면서
땀을 뻘뻘 흘리고 있었네.

'죽일거나? 살릴거나?'

생각하다 할아버지
이란 놈을 살려
다시 길로길로 가다가다
자꾸 외치는 소리 들렸네.

"살려 주세요! 살려 주세요!"

할아버지
가던 걸음 멈춰서서
옷 솔기를 뒤집어 보니
이란 놈이 모가지가 끼어서
네 발을 버둥거리며 아우성쳤네.

"기다려라. 기다려!"

할아버지
이란 놈을 다시 살려
길로길로 가다가다
응애응애 우는 소리 따라
어떤 집 방 안으로 들어갔네.

할아버지
우는 아기 얼른
포대기에 받쳐 업고
벼랑 벽을 뽀옥뽀옥
기어 올라갔더니

어느새 이란 놈이
볼볼 기어나와
아기 등을 토닥이며
조용조용 자장가를 불렀네.

　우리 아기 착한 아기
　새록새록 잠들라

　하늘나라 아기 별도
　엄마 품에 잠든다

할아버지
새록새록 잠든 아기 볼에
쪽쪽 입 맞추고
발걸음을 돌렸네.

밤,
수많은 별이 반짝이는 밤

집에 돌아온 할아버지
포근한 이야기보따리 베고
솜사탕 같은 이불 덮고
두 눈 꼭 감은 채
둥실둥실 두둥실
긴 꿈나라로 여행을 떠났네.

　우리 아기 착한 아기
　새록새록 잠들라

　하늘나라 아기 별도
　엄마 품에 잠든다

이란 놈은 자다 말고
볼볼 기어나와
할아버지 등을 토닥이며
할아버지 품에 안겨
샛노란 아기별처럼
새록새록 잠들었네.

한솥밥

옛날에 뒷날에
삼월에 사월에
보릿고개 넘고 너머

오월에 유월에
보리 한 고랑
쓱싹쓱싹 베었네.

벤 보리 어찌할까?

도리깨로 투덕투덕
겉보리를 털었네.

턴 보리 어찌할까?

보실보실 물을 쳐
물방아를 찧을까?

까실까실 말려서
마른 방아를 찧을까?

디딜방아 물방아
쿵덕쿵! 쿵덕쿵!

찧은 방아 어찌할까?

거무스름한 보리쌀
둥글넓적 바가지에
싹싹 씻어서
가마솥에 부었네.

그럼, 그럼, 다 됐나?
아니, 아니, 아니지!

아궁이에 불을 때
푸르륵 넘으면
잠시 잠깐 기다려야지.

그럼, 그럼, 다 됐나?
아니, 아니, 아니지!

꾸들꾸들 삶은 보리
자작자작 물을 부어
다시 한번 불을 때
솥뚜껑에 주르륵!

흘린 밥물 닦아주면
이제, 이제, 다 됐나?

그래, 그래, 다 됐다!
타그당!

솥뚜껑을 열어서
귀 떨어진 바가지로
이리저리 문지르면
차지고도 차진
보리밥이 되었네.

뉘하고 먹을까?

별이 가득한 집 마당에
멍석 하나 깔아 놓고
온 식구가 다 모였네.

아버지도 한 숟갈!
어머니도 한 숟갈!

아들도 한 숟갈!
딸도 한 숟갈!

아버지는 밥이 적다며
어머니를 밀치고

어머니도 밥이 적다며
아들을 밀치고

아들도 밥이 적다며
딸을 밀치니

딸은 화가 나서
멍멍개를 밀치고

멍멍개도 화가 나서
아옹아옹 고양이를 물고

화가 난 고양이
찌익찌익 쥐를 물고

물린 쥐도 화가 나
조 넣은 조 베개를
앙앙앙앙 물었네.

펑! 펑!
펑! 펑! 펑!
펑! 펑!
펑! 펑! 펑!

마당 가득 노란 조가
쏟아졌네 쏟아졌어.

쏟아진 조 어찌하나?
조밥이나 지어먹자!

조로 지은 노란 조밥
커다란 바가지에
소복소복 퍼담았네.

담은 조밥 어찌할까?
뉘하고 먹을까?

별이 가득한 집 마당에
멍석 하나 깔아 놓고
온 식구가 다 모였네.

아버지의 숟가락
어머니 입 속으로
쏙!

배부르다 배불러!

어머니의 숟가락
아버지 입 속으로
쏙!

배부르다 배불러!

아들의 숟가락
딸 입 속으로
쏙!

배부르다 배불러!

딸의 숟가락
아들 입 속으로
쏙!

배부르다 배불러!

멍멍개도 배가 불러
머엉머엉! 머엉머엉!

고양이도 배가 불러
아옹아옹! 아옹아옹!

쥐도 배가 불러
찌익찌익! 찌익찌익!

모두모두 둘러앉아
정겨웁게 한솥밥을
맛있게도 먹었다네.

북 나무 북이 북쪽에서 북북

옛날에 부잣집 영감이
사윗감을 찾았어.

"끝도 없이 이야기하는 사람을
 내 사위로 삼겠다!"

소문에 소문을 듣고
팔도에서 총각들이
우르르 모여들었지만
떨구어내고 떨구어내다 보니
이젠 떨구어낼 총각도 안 와.

그러던 어느 날
총각이 하나 찾아왔어.
"이야기하러 왔습니다."

부잣집 영감이 말했어.
"어디 한번 들어보자."

총각은 이야기를 시작했어.
"저, 남쪽 끝에 사는 제가
 북쪽 끝에 가서
 북 나무 하나를 심었습니다."

부잣집 영감이 맞장구를 쳤어.
"그렇지."

총각은 신이 났지.
"일주일이 지나자
 북 나무의 가지가
 북북 자라나
 북 하나를 만들었습니다."
"그렇지."

부잣집 영감의 맞장구에
총각은 더욱더 신이 나
북 치는 시늉까지 하며 말했지.
"북 나무 북을 메고
 동쪽으로 가 두드려도
 북! 북! 북!"
"그렇지."

"북 나무 북을 메고
 서쪽으로 가 두드려도
 북! 북! 북!"
"그렇지."

"북 나무 북을 메고
 남쪽으로 가 두드려도
 북! 북! 북!"
"그렇지."

"북 나무 북을 메고
 북쪽으로 가 두드려도
 북! 북! 북!"
"그렇지."

"북 나무 북을 메고
 동, 서, 남, 북
 사방팔방에서 두드려도
 북! 북! 북! 북!"
"그렇고, 말고."

총각은 이야기하다 말고
부잣집 영감에게 물었어.
"북 나무로 만들었으니
 북은 맨날 북이죠?"

부잣집 영감이 말했어.
"암, 그렇고말고
 북 이야기 이제 그만하고
 다른 이야기 하게."

총각은 멈추지 않고
이야기 꼬리에 꼬리를 물고
또 이야기했지.
"북 없이 북소리 낼 수 있어요?
 북소리는 끝이 없잖아요?"

부잣집 영감은 손사래를 쳐댔지.
"그렇지만 다른 이야기를 듣고 싶네."

그래도 총각은 멈출 수 없었지.
"어린애 우는 소리로
 징징거리면 징!

징! 징! 징!
징! 징! 징!

혼자 있어도
가는 소리로
강하게 소리 내는 장고!

덩 덩 덩 따궁딱!
덩 덩 덩 따궁딱!

몸체는 작아도
쇠 기운이 좋아
앞장서 이끄는 꽹과리!

갱 개갱 개갱 개개갱!
갱 개갱 개갱 개개갱!"

총각은 이야기의
꼬리를 잡고 놓지 않았어.
"북 때리는 소리는
뭐라 그래요?

징! 하지 않아요.
덩! 하지도 않고요.
갱! 하지도 않아요.

징, 장고, 꽹과리
이런 것과는 달라요.

북 나무로 만들어서
북 때리면 북 하지요.

오늘도 북!
내일도 북!

북! 북! 북!
북! 북! 북!

그러니까 이게 진짜 북이지요.”

이야기를 듣다 말고
부잣집 영감이 소리쳤어.
“이제, 이야기 끝! 끝! 끝!”

이렇게 해서 총각은
부잣집 사위가 되어서
북 치고 장구 치고
징 치고 꽹과리 치고
북북북 잘 살았답니다.

참새하고 놀고 싶어 짹짹!

참새를 좋아하는 사람이
참새하고 놀고 싶어
커다란 대나무를 쫙쫙 쪼개서
성큼성큼 엮어
삼태기 하나를 만들었지.

만든 삼태기를
참새가 놀고 있는
감나무 아래 엎어두고
그 안에 지주대를 세워
기인 줄로 묶었지.

그런 다음 삼태기 안에
허연 쌀을 솔솔 뿌려두고
기인 줄을 붙잡은 채
감나무 뒤에 숨어서
이제 참새 오길 기다렸지.

"헛둘! 헛둘!"
"헛둘! 헛둘!"

"헛둘! 헛둘!"
"헛둘! 헛둘!"
"헛둘! 헛둘!"

참새 열 마리가
성냥개비 같은 발을 맞춰
삼태기 안으로 걸어와
허연 쌀을 마냥 마냥 쪼아 먹었지.

"때는 이때다!"

참새를 좋아하는 사람이
기인 줄을 휘리릭 잡아당기자
지주대가 넘어지면서
삼태기가 입을 '암' 다물었지.

삼태기 안에서
참새 열 마리가 노래를 불렀지.
"짹짹 짹짹짹!"
"짹짹 짹짹짹!"

"짹짹 짹짹짹!"
"짹짹 짹짹짹!"
참새를 좋아하는 사람이
노래를 따라 부르며
삼태기를 살짝궁 열었더니
참새 한 마리가
호이호이 날아가는데

참새 아홉 마리가
삼태기 안에서 노래를 불렀지.
"짹짹 짹짹짹!"
"짹짹 짹짹!"

"짹짹 짹짹짹!"
"짹짹 짹짹!"
참새를 좋아하는 사람이
노래를 따라 부르며
삼태기를 살짝궁 열었더니

참새 한 마리가
호이호이 날아가는데

참새 여덟 마리가
삼태기 안에서 노래를 불렀지.
"짹짹 짹짹!"
"짹짹 짹짹!"

"짹짹 짹짹!"
"짹짹 짹짹!"
참새를 좋아하는 사람이
노래를 따라 부르며
삼태기를 살짝궁 열었더니
참새 한 마리가
호이호이 날아가는데

참새 일곱 마리가
삼태기 안에서 노래를 불렀지.
"짹짹 짹짹!"
"짹짹짹!"

"짹짹 짹짹!"
"짹짹짹!"
참새를 좋아하는 사람이
노래를 따라 부르며
살짝궁 삼태기를 열었더니
참새 한 마리가
호이호이 날아가는데

참새 여섯 마리가
삼태기 안에서 노래를 불렀지.
"짹짹짹!"
"짹짹짹!"

"짹짹짹!"
"짹짹짹!"
참새를 좋아하는 사람이
노래를 따라 부르며
살짝궁 삼태기를 열었더니
참새 한 마리가
호이호이 날아가는데

참새 다섯 마리가
삼태기 안에서 노래를 불렀지.
"짹짹짹!"
"짹짹!"

"짹짹짹!"
"짹짹!"
참새를 좋아하는 사람이
노래를 따라 부르며
살짝쿵 삼태기를 열었더니
참새 한 마리가
호이호이 날아가는데

참새 네 마리가
삼태기 안에서 노래를 불렀지.
"짹짹!"
"짹짹!"

"짹짹!"
"짹짹!"
참새를 좋아하는 사람이
노래를 따라 부르며

살짝궁 삼태기를 열었더니
참새 한 마리가
호이호이 날아가는데

참새 세 마리가
삼태기 안에서 노래를 불렀지.
"짹짹!"
"짹!"

"짹짹!"
"짹!"
참새를 좋아하는 사람이
다시 노래를 따라 부르며
살짝궁 삼태기를 열었더니
참새 한 마리가
호이호이 날아가는데

참새 두 마리가
삼태기 안에서 노래를 불렀지.
"짹!"
"짹!"

"짹!"
"짹!"
참새를 좋아하는 사람이
노래를 따라 부르며
살짝궁 삼태기를 열었더니
참새 한 마리가
호이호이 날아가는데

참새 한 마리가
삼태기 안에서 노래를 불렀지.
"짹!"

"짹!"
참새를 좋아하는 사람이
노래를 따라 부르며
살짝궁 삼태기를 열었더니
참새 한 마리가
호이호이 날아 가버렸지.

참새를 좋아하는 사람은
이렇게 참새하고 실컷 놀다가
감나무 아래 앉아서
두 눈을 감고 조용히 노랠 불렀지.

참새 한 마리
참새 두 마리
참새 두 마리가
호이호이 다 날아갔네.

참새 세 마리
참새 네 마리
참새 네 마리가
호이호이 다 날아갔네.

참새 다섯 마리
참새 여섯 마리
참새 여섯 마리가
호이호이 다 날아갔네.

참새 일곱 마리
참새 여덟 마리
참새 여덟 마리가
호이호이 다 날아갔네.

참새 아홉 마리
참새 열 마리
참새 열 마리가
호이호이 다 날아갔네.

다 날아갔네
다 날아갔네
참새 열 마리가
호이호이 다 날아갔네.

감나무 위에 앉아 놀던
참새들도 덩달아 노래를 따라 불렀지.

짹짹 짹짹짹!
짹짹 짹짹짹!

도둑 잡는 방귀 출동

예전에 방귀를 잘 뀌는
방귀쟁이가 살았어.

옆집엔 부잣집 영감이 살았지.

어느 날 한밤중에
옆집에서 벼락치는 소리가 들렸어.
"저 도둑놈 잡아라!"

방귀쟁이가 벌떡 일어나
밖으로 뛰어나갔더니
시커먼 도둑놈이
부잣집 담을 뛰어넘어
도망가고 있었어.

방귀쟁이는 다음 날
부잣집 영감을 찾아갔지.
"어젯밤에 들어온
 도둑놈을 잡아주면
 제게 무엇을 주시렵니까?"
"내 재산을 많이 주겠네."

방귀쟁이는 밤이 되자
부잣집 부엌으로 들어가
엉덩이를 높이 쳐들고 중얼거렸어.
"언제 오나, 언제 와!"

밤이 깊어지자
시커먼 그림자와 함께
시커먼 도둑놈이
훌쩍 담을 뛰어넘어왔지.

시커먼 도둑놈은
부엌으로 살금살금 들어와
쥐도 새도 모르게
값비싼 그릇을 채가려고 했지.

그때 엉덩이를 높이 쳐들고 있던
방귀쟁이가
모아둔 방귀를 힘껏 뀌었어.

"뿌당탕!"

순간 시커먼 도둑놈은
놀라 자빠지며 도망쳤지.
"어이쿠, 날 살려라!"

다음 날 밤에도 방귀쟁이는
부잣집 부엌으로 들어가
엉덩이를 높이 쳐들고 기다렸지.
"언제 오나, 언제 와?"

밤이 깊어지자
시커먼 도둑놈이
부엌으로 살금살금 들어와
값비싼 무쇠솥을 채가려고 했지.

그때 방귀쟁이는 모아둔 방귀를
더 힘차게 뀌었어.

"뿡! 탕!"

시커먼 도둑놈은
놀라자빠지며 도망쳤지.
"어이쿠, 발바닥아, 날 살려라!"

다음 날 밤에도 방귀쟁이는
부잣집 부엌으로 들어가
엉덩이를 더 높이 쳐들고 기다렸지.
"오늘 밤엔 끝장을 내야겠다!"

밤이 깊어지자
시커먼 도둑놈이
길쭉한 무를 들고
부엌으로 살금살금 들어와
방귀쟁이 똥구멍을
꽉 틀어막고
이것저것 다 채가려고 했지.

"안 되겠다!"

방귀쟁이는 모아둔 방귀를
있는 힘껏 뀌었어.

"뿡! 뿡! 뿡!"

그러자 똥구멍을 막고 있던
무가 쏜살같이 튀어나와
도망가는 시커먼 도둑놈의
뒤통수를 탁 때렸지.
"어이쿠, 빠빵 총 맞았다!"

도둑놈은 엎어지면서
그만 붙잡히고 말았지.

"꼼짝 마라!"

방귀쟁이는 이렇게
방귀 세 방으로
시커먼 도둑놈을 잡았지.

이제 방귀쟁이는
부잣집 영감에게 받은 재산으로
부자가 되었지.

그래도 방귀쟁이는
날마다 날마다 제 뱃속에
방귀를 가득 만들어서
모아두고 감춰두고 살았지.

'그날이 오면 출동!'

진구 빵구 나간다
두 댓 빵으로 나간다
오방기차 나간다
뿌당탕! 뿡탕! 뿡뿡뿡!

누군 누구예요?

길 가던 사람이
고개를 넘다가
갑자기 날이 어두워지자
불빛을 찾아갔어.

그곳엔 열두 대문 달린
고래 등 같은 기와집이
쫙악 늘어서 있었어.
"이런 깊은 산 속에 웬 기와집일까?"

"꽝! 꽝!"
대문을 두드렸지만
집 안에선
아무런 인기척도 없었어.
"……."

"꽝! 꽝! 꽝!"
다시 대문을 두드리자
집 안에서 이상한 소리가 들렸어.

찌그덕! 찌그덕!
찌그덕! 찌그더억!

찌그덕! 찌그덕!
찌그덕! 찌그더억!

찌그덕! 찌그덕!
찌그덕! 찌그더억!

열두 칸 기와집에
열두 대문을 열고
이쁜 여자가 나왔어.
"호호, 누구세요?"

길 가던 사람이 말했어.
"하룻밤만 재워주세요."
"호호, 안 돼요, 안 돼!"

길 가던 사람은 사정했어.
"그럼, 이 밤중에 어떻게 하란 말이오?"

이쁜 여자가 아무 말 없이
집 안으로 들어가며 혼자 중얼거렸어.
"호호, 그 많던 식구는
 어딜 갔나, 어딜 갔어?"

길 가던 사람이 뒤따라 들어갔어.
"맞소, 당신 집엔 개미 새끼
 한 마리도 찾아볼 수 없구려."

"호호, 그래요.
 예전엔 많은 식구가 살았지요.
 오늘은 저 혼자랍니다."

길 가던 사람이 물었어.
"그럼, 식구들은 어딜 갔소!"

이쁜 여자가 갑자기
길 가던 사람의 손목을 잡아끌었어.
"호호, 저만 따라오세요."

찌그덕! 찌그덕!
찌그덕! 찌그더억!

찌그덕! 찌그덕!
찌그덕! 찌그더억!

찌그덕! 찌그덕!
찌그덕! 찌그더억!

열두 칸 기와집에
열두 대문을 열고
제일 구석진 방으로
따라 들어갔더니
관이 쫘악 늘어져 있었어.

길 가던 사람이 놀라서 물었어.
"아니, 이…이건
죽은 사람의 관이 아니오?"

이쁜 여자가 씩 웃었어.
"호호, 맞아요, 맞아!
당신은 알고 있군요."

길 가던 사람이 가까운 곳에 있는
관을 가리키며 물었어.
"이건, 누구 거요?"

이쁜 여자가 또 씨익 웃었어.
"호호, 그건 우리 할아버지 거예요."

그 옆에 있는 관을 가리키며 물었어.
"이건, 누구 거요?"

이쁜 여자가 더 크게 씨이익 웃었어.
"호호, 그건 우리 할머니 거예요."

또 다른 관을 가리키며 물었더니
이쁜 여자가 더욱더 크게 씨이익 웃었어.
"호호, 그건 우리 아버지 거예요."

"그럼, 그 옆에 있는 건 누구 거요?"
"호호, 그건 우리 어머니 거예요."

"이것은요?"
"호호, 우리 신랑 거예요."

"그럼, 마지막 것은 누구 거요?"
"호호……"

"누구 거요?"
"호호……"

길 가던 사람이 다시 물었어.
"왜, 웃고만 있나요?"

그 순간 이쁜 여자가
길 가던 사람 옆으로
찰싹 달라붙으며 속삭였어.

"호호호, 누군 누구예요?
 그게 바로 저예요!"

그때 구석진 방에서
꿀꺼덕하는 소리와 함께
또 다른 소리가 멀리까지 들렸어.
"끼이익!"

다음 날도 그다음 날도
길 가던 사람의 흔적은 찾을 수 없었어.

"호호, 그러게, 열두 대문은 왜 두드렸어요."

홍시 홍시 감홍시

옛날 옛날에
감나무가 많은 집에
총각이 혼자 살았지.

어느 날 총각은
주렁주렁 달린 감홍시를 보고
입을 쩌억 벌린 채
감나무 아래
벌러덩 드러누워 흥얼거렸지.

"홍시 홍시 감홍시
 먹고 싶다 감홍시!"

그때, 감홍시 하나
콧잔등을 후려쳤지.

톡!
철퍼덕!

"어이쿠, 요놈의 감홍시!"

톡!
톡!
철퍼덕!
철퍼덕!

"어, 어이쿠, 요놈의 감홍시!"

얼굴과 가슴을 또 후려쳤지.

톡!
톡!
토오옥!
철퍼덕!
철퍼덕!
철퍼더억!

"어이쿠어이쿠, 요놈의 감홍시!"

총각은 온통 뻘겋게 홍시 범벅이 되었지.

'요놈의 감홍시, 내가 꼭 먹고 말 거야.'

벌떡 일어난 총각은
구멍 뚫린 삿갓나팔 입에 물고
다시 감나무 아래
벌러덩 드러누운 채 흥얼거렸지.

"바람아 바람아, 불어라.
 홍시야 홍시야, 떨어져라!"

그 순간, 바람이 불어와
감홍시 하나
삿갓나팔 속으로 들어왔지.

쏙!
꿀꺽!

"와, 달다 달아!"

쏙!
쏙!
꿀꺽!
꿀꺽!

"우와, 달다 달아!"

쏙!

쏙!

쏘오옥!

꿀꺽!

꿀꺽!

꾸울꺽!

"우와와, 달다 달아!"

삿갓나팔 입에 물고

감홍시를 실컷 받아먹은

총각은 불룩해진 배를 두드리며

노래를 불렀지.

　　홍시 홍시 감홍시

　　홍홍 홍홍 감홍시

　　달다 달아 감홍시

　　홍홍 홍홍 감홍시

독이 떼굴떼굴 굴러옵니다

옛날에 산골총각
엽전꾸러미 등에지고

멀고 먼길
홀로 걸어
갑니다.
갑니다.

덩실덩실 춤추며
독 하나 사러
갑니다.
갑니다.

일 년
이 년
삼 년

햇빛 따라
달빛 따라

십 년
이십 년
삼십 년

해도 달도
넘고 너머
갑니다.
갑니다.

가다 가다가
엽전을 다 써
빈손이 된 산골총각

이집 저집 일해 주고
엽전 한닢 두닢
모으고 모아서

커다란 독 하나 삽니다.

독 하나 들 수 없어
굴려서 옵니다.

떼굴
떼굴

뻥!

황소만 한 독 하나
굴러옵니다.

떼굴
떼굴
떼굴

뻥!

집채만 한 독 하나
굴러옵니다.

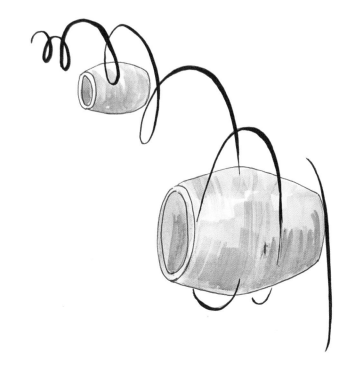

떼굴
떼굴
떼굴
떼굴

뻥!

앞산만 한 독 하나
굴러옵니다.

떼굴

떼굴

떼굴

떼굴

떼굴

앞산 아래 산골처녀 외칩니다.
"복 굴러와요!"

굴러오는 독 하나 열어보니

엽전 가득
웃음 가득

산골처녀 좋아하고 있는데

떼굴
떼굴
떼굴
떼굴
떼굴

떼
구
르
르
.
.
.

뒤따라 굴러온 산골총각 외칩니다.
"복 굴러왔소!"

산골총각 산골처녀
얼싸안고 신랑각시되어
복 터지게 잘살았답니다.

달떡 꿀떡

함박눈이 펄펄 내리는
이른 아침이었어.

가난한 아이는
펄펄 함박눈을 맞으며
따끈따끈한 떡 한 조각 들고
집 앞을 서성거렸어.

코가 빨개진 아이는
골목으로 나가 언 손과 발을
호호 불며 동동거렸어.

그때, 펄펄 함박눈을 맞고
동네 형이 와서 물었어.
"손에 들고 있는 거 뭐냐?"

아이는 웃으며 말했어.
"내 생일떡이야!"
"한입만 줘라."
"……"

동네 형이 물었어.
"너, 둥근 달떡 아니?"

아이는 떡을 내밀었어.
"달떡? 좋아좋아!"

동네 형은 떡을 받아들고
쓱 돌아섰어.

　둥글둥글 짭짭
　둥글둥글 짭짭

아이도 형을 따라 빈손을 입에 대고
먹는 시늉을 했어.

　둥글둥글 달떡
　둥글둥글 달떡

동네 형이 손을 내밀었어.
"옜다, 달떡!"

"야, 달떡이다!"
아이는 달떡을 받아들고
달떡만 바라보고 있었어.

동네 형은 입맛을 다시며 물었어.
"너, 송편 같은 반달떡 아니?"
"반달떡? 좋아좋아!"

동네 형은 아이가 내민 떡을 받아들고
쓱 돌아섰어.

　반달반달 쩝쩝
　반달반달 쩝쩝

아이도 형을 따라 빈손을 입에 대고
먹는 시늉을 했어.

　반달반달 반달떡
　반달반달 반달떡

동네 형은 또 손을 내밀었어.
"옛다, 반달떡!"

"야, 반달떡이다!"
반달떡을 받아들고
반달떡만 바라보고 있는 아이 옆에서,

동네 형은 또 군침을 흘리며 물었어.
"너, 꿀떡 아니?"

달디단 꿀떡을 생각하며
아이가 얼른 반달떡을 내밀자

동네 형은 한입에 꿀꺽하고 외쳤어.
"꿀떡이 목구멍으로
 꿀꺽하고 넘어갔네
 꿀떡! 꿀떡!"

펄펄 함박눈을 맞으며
가난한 아이는 집으로 달려왔어.
"엄마아아, 내 꿀떡꿀떡……."

각시랑 신랑이랑

옛날하고도 먼 옛날에
어여쁜 각시가
어린 신랑에게 시집을 갔어.

그날 밤 각시는
신랑이랑 방안에 앉아
밤을 깎아 먹었지.
"우리, 아들딸 낳고 잘 살아요."

밤껍질을 요강에 쓸어 넣고
각시가 자려고 하는데
신랑이 보이질 않았어.

숨바꼭질하자고요?

여기 숨었나
저기 숨었나

여기도 없고
저기도 없네

그때 어디선가 노랫소리가 들렸지.

어기야 디여차
어기야 디여차

그 소리를 따라 각시가
요강 안을 들여다보았어.

밤껍질 배를 탄 신랑이
새끼손가락 노를 살살 저으면서
노래를 부르고 있네.

어기야 디여차
어기야 디여차
뱃놀이 가잔다

각시는 아무 말 없이
신랑을 들어 올려
돗자리 아래로 휙 던져버렸어.

그러자 또 어디선가
힘쓰는 소리가 들렸지.

　으라차차!
　으라차차!

그 소리를 따라 각시가
돗자리를 들쳐 보았어.

신랑이 벼룩과 맞붙어서
씨름을 하고 있네.

신랑 얼굴은 점점 하얘지고
벼룩 얼굴은 점점 붉어졌어.

　으라차차!
　으라차차!

신랑이 넘어가려고 할 때였어.

'안 되겠다!'

각시가 벼룩 다리 하나를 들어 올리자
신랑도 벼룩 다리 하나를 들어 올려
단숨에 넘겨버렸어.

"이겼다, 이겼어!"

각시랑 신랑은
얼싸안고 춤을 췄지.

다음 날 아침 각시가
부엌에서 밥을 하고 있는데
신랑이 들어와
치맛자락을 잡아당기며 졸랐지.
"누룽지 줘요, 누룽지!"

각시는 밥하다 말고
자꾸 졸라 대는 신랑을
지붕 위로 훌쩍 던지며 중얼거렸어.

신랑상투 삐뚤상투
암만봐도 빼뚤상투

그때 지붕 위에서 신랑이 외쳤지.
"각시, 각시!
 이 호박을 딸까요?
 저 호박을 딸까요?"

각시가 말했어.
"누렇게 잘 익은 호박으로 따요!"

신랑은 누런 호박 하나 골라 타고
뒹굴뒹굴 내려왔지.
"우리, 호박죽이나 끓여 먹어요."

각시는 신랑이랑
누런 호박을 박박 긁어
호박죽을 설설 끓였어.

방안에 마주 앉은 각시와 신랑은
호박죽을 호호 불어가며
너 한 입 나 한 입
서로서로 떠먹여 주기 바빴지.

"호호, 호박죽이 살살 녹아요."
"호호, 호박죽이 달디 다네요."

각시랑 신랑은 웃으며 말했어.
"우리, 달달하게 살아요."

나는 어디 있나?

옛날에 어떤 선비가
머리에 갓을 쓰고
두루마기를 차려입고
먼 길을 나섰어.

손에 쥔 담뱃대는
걸음을 걸을 때마다
앞으로 뒤로 왔다 갔다
보였다 안 보였다 했어.

"어, 어디 갔지, 내 담뱃대?"
"아, 여기 있네, 내 담뱃대!"

"어, 어디 갔지, 내 담뱃대?"
"아, 여기 있네, 내 담뱃대!"

담뱃대만 쳐다보며
길을 가던 선비는
갑자기 똥이 마려웠어.

나뭇가지에 갓을 걸어 놓고
옴팡지게 똥을 쌌지.
"어허, 시원하다!"

선비는 벌떡 일어나다가
나뭇가지에 걸려 있는 갓을 보았어.
"하하, 어떤 정신 빠진 놈이
 여기다 갓을 두고 간 거야?
 그놈 덕에 갓 하나 생겼네."

선비는 그 갓을 쓰고
뒤돌아서다가 철퍽 똥을 밟았지.
"퉤퉤! 어떤 더러운 놈이
 여기다 똥을 누고 간 거야?
 내 신발만 버렸네!"

선비는 신발을 툭툭 털고는
두루마기를 단정히 차려입고
다시 가던 길을 갔어.

그러다 허름한 모자를 쓰고
잿빛 옷을 입고 가는 스님을 만났어.
"안녕하십니까, 스님!"

똑! 똑! 똑! 목탁 소리와 함께
스님이 인사를 했어.
"나무아미타불."

앞서거니 뒤서거니 하며
길을 가던 선비가 물었어.
"스님은 어느 절에서 오셨습니까?"
"예, 아무개 절에서 왔습니다."

몇 걸음 가다가 또 선비가 물었어.
"스님은 어느 절에서 오셨습니까?"
"예, 아무개 절에서 왔습니다."

"스님은 어느 절에서 오셨습니까?"
"예, 아무개 절에서 왔습니다."

묻고 또 묻는 선비를 보며
스님은 두 손을 모아 합장했어.
'굽어살피소서.'

어느덧 해가 저물어
선비는 스님과 함께 주막으로 들어가
한방에서 자게 됐어.

자리에 앉자마자 선비가 다시 물었어.
"스님은 어느 절에서 오셨습니까?"
"……."

"어느 절에서 오셨습니까?"
"……."

스님은 입을 꾸욱 다문 채
아무 말도 하지 않았어.
'쯧쯧. 자신이 누군지는 알고 있으려나?'

다음 날 새벽같이 일어난 스님은
자고 있는 선비와 옷을 바꿔 입고
어디론가 떠났지.

뒤늦게 일어난 선비는
눈을 끔벅이며
벽에 걸린 거울을 들여다봤어.
"어라, 스님은 여기 있는데,
 나는 어디 갔지?"

선비는 벌떡 일어나 방문을 열고 소리쳤지.

"여보시게, 나는 어디 갔나?"
"여보시게, 나는 어디 갔나?"

선비는 고개를 갸웃거리며
잿빛 옷에 허름한 모자를 쓴 채
또다시 먼 길을 떠났어.

'나는 어디 있나?'

이건 새빨간 거짓말이네

옛날 옛적 갓날 갓적
나무접시 소년 때에
뚝배기 영감 때에
거짓말 잘하는 놈이 있었더란다.

어느 날은 날벼락이 떨어지더니
마른 강물에 커다란 보따리 하나가
둥실둥실 떠내려오더란다.

거짓말 잘하는 놈이
건진 보따리를 활짝 열었더니
새빨간 거짓말이 속닥속닥하더란다.
"가자가자, 구경가자.
나랑 같이 구경가자."

흐흐 웃으며
거짓말 잘하는 놈은
자전거 타고
엉금엉금 거북이 만나
씽씽 도르래 타고
도르르륵 북쪽 끝에 있는
백두산에 우뚝 올라섰더란다.

천지 연못 한가운데
뿌리 없는 배나무 한 그루가
꼬부랑 서 있는데
꼭지도 없는 배 하나가
주렁주렁 열려 있더란다.

거짓말 잘하는 놈이
뿌리 없는 배나무로
뛰어 내려가 배를 따
밑구멍 없는 자루에
가득 담았더란다.

이제 거짓말 잘하는 놈은
기다란 머리카락 한 올로
멜빵을 만들어
등에 둘렁둘렁 짊어지고
사람 없는 장에 가서
입만 뻥긋뻥긋했더란다.
"아픈 배가 다 나아요."

그 소리에 우르르 몰려든
사람들에게 돈 천 냥을 받고
팔았더란다.

또다시 거짓말 잘하는 놈은
펄쩍펄쩍 춤을 추며
도르래 타고
도르르륵 거북이 만나
씽씽 자전거 타고
엉금엉금 남쪽 끝에 있는
한라산에 우뚝 올라섰더란다.

백록담 분화구에
뿌리 없는 감나무 한 그루가
꼬부랑 서 있는데
감도 없는 감꼭지 하나가
올망졸망 달려 있더란다.

거짓말 잘하는 놈이
끝도 없는 장대 끝으로
뚝딱뚝딱 감꼭지를 따
밑구멍 없는 자루에
가득 담았더란다.

이제 거짓말 잘하는 놈은
기다란 실오라기 한 올로
멜빵을 만들어
등에 둘렁둘렁 짊어지고
사람 없는 장에 가서
조용조용 속삭였더란다.
"만병통치약이 왔어요."

그 소리에 벌떼같이 몰려든
사람들에게 돈 만 냥을 받고 팔아
대박이 났더란다.

거짓말 잘하는 놈은
더 펄쩍펄쩍 춤을 추며
사람 없는 주막에 들어가
술 한잔을 꿀꿀 먹고 나니
빈 주먹이 털털해 허전했더란다.

그래도 거짓말 잘하는 놈은
두 주먹을 불끈 쥐고
동쪽에서 서쪽으로
독도에서 가거도까지
다시 세상 구경을 떠났더란다.

도르르륵 도르래도 타지 않고
씽씽 거북이도 만나지 못한 채
엉금엉금 자전거도 없이
혼자서 두 눈을 감은 채
나불거리는 입 하나만 가지고
동동거리며 돌아다녔더란다.

자꾸 자꾸 땁니다

멀고도 먼 옛날
어떤 총각이
멀고도 먼 길을 갔다가
집으로 돌아오는 길입니다.

버드나무 가지 하나 꺾어
마당 앞 우물가에 꽂아 놓습니다.

이 버드나무는
뿌리와 가지를 뻗고 뻗어
아름드리 자라
새들이 날아와 노랠 부릅니다.

"쨱째구리 쨱째구리!"
"삐쭈구리 삐쭈구리!"
"까쭈구리 까쭈구리!"

그러던 어느 날 총각은
버드나무 가지 하나 베어
얼기설기 엮어
삼태기 하나 만듭니다.

대장간으로 달려가서
호미 한 자루 사 옵니다.

왼손에 삼태기 들고
오른손에 호미 들고
골목골목 다니면서
개똥을 쳐 모읍니다.

삼태기에 개똥이 가득 차면
밭에 가져다 두고 둡니다.

총각은 기름진 밭에서 외칩니다.

"자, 이제 참외를 심습니다!"

날이 가고 달이 가니
참외 넝쿨마다 커다란 참외가
주렁주렁 열리고 열립니다.

살이 모두 시뻘겋게 익자
참외를 따야겠습니다.

총각은 가마니를 들고
신이 나 외칩니다.

"자, 이제 땁니다!"

한 개, 두 개, 세 개 땁니다.

열 개, 스무 개, 서른 개
자꾸자꾸 땁니다.

백 개, 이백 개, 삼백 개
자꾸자꾸 땁니다, 땁니다.

자꾸자꾸, 자꾸 땁니다, 땁니다.

가마니가 가득 찹니다.
다른 가마니를 가져옵니다.
가마니가 또 가득 찹니다.
또 가져옵니다.
다시 가득 찹니다.

이 밭에 있는 참외를
모두 따려면,
삼 년 따고도 석 달은
더 따야 될 것 같습니다.

자꾸자꾸 땁니다.
자꾸 자꾸 자꾸 …….

흥이 난 총각은
저도 모르게 노랠 부릅니다.

　　참외 따서 뭐하꼬
　　예쁜 색시 얻어야지
　　얻은 색시 뭐하꼬
　　아들 딸 낳고 낳아
　　행복하게 살아야지

받고 물고, 물고 받고

옛날 옛적에
받기잘하는 놈이랑
물기잘하는 놈이랑
붙었네 붙었어
싸움이 붙었어.

받고 물고, 물고 받고

받기잘하는 놈이
먼저 후다닥 달려들어
받았네 받았어
이마를 받았어.

물고 받고, 받고 물고

자빠졌네 자빠졌어
물기잘하는 놈이
쿵! 땅바닥에 자빠졌어.

받고 물고, 물고 받고

받기잘하는 놈이
입꼬리를 씰룩씰룩이며
소리쳤네 소리쳤어.

"물기잘하는 놈아,
살아살아 살았니?
죽어죽어 죽었니?"

없네 없어 대답이 없어.

받기잘하는 놈이 다가가
기웃기웃 살펴보니

물기잘하는 놈이
뭔가를 질겅질겅
씹고 있네 씹고 있어.

"물기잘하는 놈아,
뭘 씹니, 뭘 씹어?"

물기잘하는 놈이
툭툭 털며 일어나
말했네 말했어.

"받기잘하는 놈아,
덜렁한 네 코는
어디로 갔니, 어디로 갔어?"

물고 받고, 받고 물고

받기잘하는 놈이
깜짝놀라 쓸어보니
없네 없어 코가 없어.

받고받고 받아라!
물고물고 물어라!

받고 물고, 물고 받고

받기잘하는 놈이
버럭 성내며 소리쳤어.
"내일 붙자 다시 붙자!"
"아니, 아니!"

"그럼, 꽃이 피면 다시 붙자!"
"아니, 아니!"

"그럼, 엿가락이 늘어지고
울긋불긋 단풍들면 다시 붙자!"
"아니! 아니! 아니!"

"그럼, 함박눈이 쌓이면 다시 붙자!"
"그것도 아니, 아니!"

"그럼?"
"네 놈 코가
몽실몽실 올라오면
그때 붙자, 다시 붙자!"
"좋다, 좋아!"

받고 물고, 물고 받고

받고받고 받아라
물고물고 물어라

물기잘하는 놈이
속삭였네 속삭였어.
'쉿, 다음엔 네 귓볼 조심해!'

도움을 받은 채록 이야기

이숙양
꼬구랑 꼬구랑 똥 된장국
　어릴 때 할머니에게 들었던 이야기를 떠올려서 다시 씀

아이고 달다 눈깔사탕
　《한국구전설화 8》| 임석재 | 평민사 | 1993, 302

늙은 아이를 만났네
　《한국구비문학대계 612》| 한국정신문화연구원 | 1988, 317
　《한국구전설화 2》| 임석재 | 평민사 | 1994, 240
　《한국전래동요집 2》| 신경림 | 창비 | 2013, 15

길로길로 가다가다
　《한국구전설화 3》| 임석재 | 평민사 | 1988, 138, 145, 147,
　148, 149, 152
　《한국구전설화 4》| 임석재 | 평민사 | 1995, 163
　《한국구전설화 7》| 임석재 | 평민사 | 2003, 163

한솥밥
　어릴 때 아버지에게 들었던 이야기를 떠올려서 다시 씀

북 나무 북이 북쪽에서 북북
　《한국구전설화집 1》 | 민속원 | 2000, 111

참새하고 놀고 싶어 짹짹!
　《한국구전설화 2》 | 임석재 | 평민사 | 1994, 168

도둑 잡는 방귀 출동
　《한국구전설화 2》 | 임석재 | 평민사 | 1994, 179, 180

누군 누구예요?
　《한국구전설화집 6》 | 민속원 | 2002, 370

김정현
홍시 홍시 감홍시
《한국구전설화집 20》| 민속원 | 2011, 119

독이 떼굴떼굴 굴러옵니다
《한국구전설화 3》| 임석재 | 평민사 | 1988, 144

달떡 꿀떡
《한국구전설화 5》| 임석재 | 평민사 | 1989, 319

장영아
각시랑 신랑이랑
《한국구전설화 2》| 임석재 | 평민사 | 1994, 249
《한국구전설화 8》| 임석재 | 평민사 | 1993, 377

나는 어디 있나?
《한국구전설화 8》| 임석재 | 평민사 | 1993, 339

강미란

이건 새빨간 거짓말이네
《한국구비문학대계 8-10》 | 한국정신문화연구원 | 1984, 422
《한국구비문학대계 8-8》 | 한국정신문화연구원 | 1983, 677
《한국구비문학대계 8-7》 | 한국정신문화연구원 | 1983, 653
《한국구비문학대계 8-5》 | 한국정신문화연구원 | 1981, 453

자꾸 자꾸 땁니다
《화계 박영만의 조선전래동화집》 | 박영만 | 한국국학진흥원
  | 2006, 212

김용자

받고 물고, 물고 받고
《한국구전설화 2》 | 임석재 | 평민사 | 1994, 167

앞산아 땡겨라 뒷산아 밀어라 오금아 힘써라 응애에 응애에 응애에 ♪♩ 늙은 아이들 만났네 하늘이 내주신 내 아이 내
복은 아이들을 만났네